the ELF on the SHELF

Una Tradición Navideña

por Carol V. Aebersold y Chanda A. Bell
ilustrado por Coë Steinwart

www.ccaandb.com

¿Alguna vez te has preguntado cómo sabe Santa Claus
qué tan bien te has portado durante el año?
Es un antiguo secreto que te voy confiar,
si prometes que lo puedes guardar.

Cuando se acerca la Navidad
Santa me envía a tu casa a
explorar.
Mi tarea es observar
si te portas bien o mal.
Soy el asistente de Santa,
amigable y trabajador.
Y como soy un duende,
soy muy buen confidente.

El primer día que llegue a acompañarte,
piensa bien cómo vas a llamarme.

¿Me llamarás Fredy o Fido?
¿Tico, Quique o Clio?
Lo que quieras, pero date prisa
para empezar mi trabajo con una sonrisa.

Mientras duermes por la noche,
visito a Santa en el Polo Norte.
Para cruzar el cielo se requiere
volar alto y velozmente,
pero eso es tarea sencilla
con ayuda de "magia duendecilla".
Allí celebro con mi gente
y me reporto con el jefe.

Y a Santa le cuento cómo fue tu comportamiento.
Si el reporte del día es bueno, mi jefe se pone contento.
Debo dar cuenta de peleas y empujones,
pero nunca olvido tus buenas acciones.

Si no haces caso de las reglas
en el parque o en el coche,
en la casa o en la escuela,
Santa siempre se entera.

Antes de que despiertes
estaré de regreso en tu hogar.
Cada día tengo un puesto nuevo para observar.
En la mañana te reto
a encontrar mi nuevo lugar.

Tal vez esté en la cocina,
cerca del árbol o junto a la tina.
Podemos hacer un juego,
¡búscame de techo a suelo!

Hay una regla importante que debes seguir
para que yo pueda volver a venir:

No puedes tocarme, pues mi magia se acaba.
Y si eso pasa, ¡Santa no se entera de nada!

Y debo contarle que rezas,
y que ayudas a hacer las galletas.
Que guardaste las muñecas
que había en las escaleras.
¡Santa debe saber
que te has portado muy bien!

No puedo hablar contigo,
¡Santa me lo tiene prohibido!
Es regla para todos los duendes
y somos muy obedientes.

Pero escucho atento lo que me dices. Dime, dime...
¿te gustaría un tren, una muñeca o patines?
Mis ojos brillantes y mi pequeña sonrisa
te aseguran que he anotado tu deseo sin prisa.

Al final es Santa quien decide,
qué crees...
¿te traerá lo que pides?

Cuando llega la Nochebuena,
mi trabajo está hecho.
El resto del año en casa de Santa me quedo.

Al sonar de las campanillas,
con Santa y su trineo al Polo Norte regreso.
Dime adiós y mándame un beso.
¡Te voy a extrañar!
Pero no olvides que el próximo año
cuando se acerque la Navidad
volveré a tu hogar.

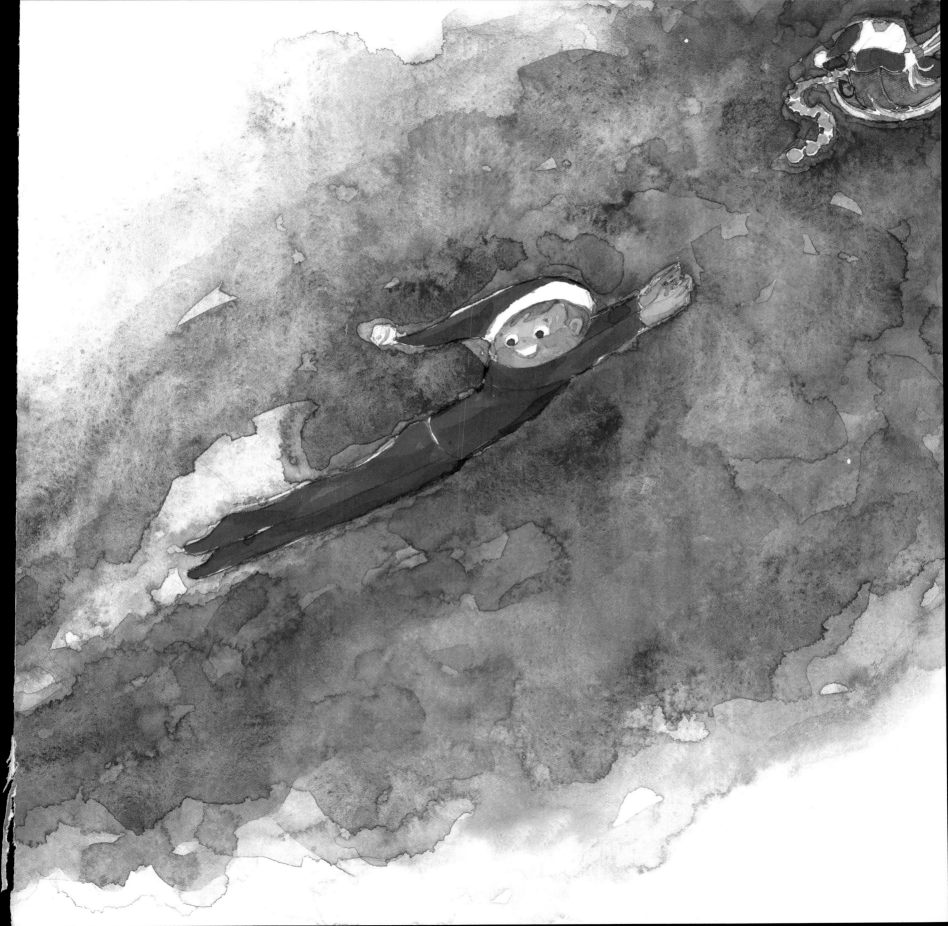

Hasta entonces deseo a las niñas y niños
paz en Navidad y un año de mucha felicidad.

Esta tradición empezó para la familia

Vera

el día _10 de deciembre_ de, 20_16_.

Le dimos la bienvenida a nuestro duende y lo llamamos:

G Spanish / english
Jorge / Goergt .

ISBN: 978-0-9887032-9-2
Impreso y encuadernado en China / Printed and bound in China
10 9 8 7 6 5 4 3 2

www.elfontheshelf.com

3350 Riverwood Parkway SE,
Suite 300
Atlanta, GA 30339 EE.UU. / U.S.A.
www.ccaandb.com